LETTRE

[du Medecin Carrere]

A M. LE CHEVALIER

DE LA GRAVE,

*Lieutenant dans le Régiment de Médoc, Infanterie, sur un ouvrage qu'il vient de publier sous le titre d'*Essai Historique & Militaire sur la Province de Roussillon.

Pour servir de Préface à la seconde édition de la description de la même Province, exraite du *Voyage Pittoresque de la France*..

A PARIS,

Chez Lami, Libraire, Quai des Augustins.

M. DCC. LXXXVII.

LETTRE

A M. le Chevalier de LA GRAVE, *Lieutenant dans le Régiment de Médoc, infanterie, sur un ouvrage qu'il vient de publier sous le titre* d'Essai Historique & Militaire sur la Province de Roussillon.

Pour servir de Préface à la seconde édition de la description de la même Province, extraite du *Voyage pittoresque de la France.*

L'OUVRAGE que vous venez de publier va vous couvrir de gloire, M. le Chevalier, il est absolument nouveau dans son genre. Vous faites connoître d'une maniere toute neuve une province qui avoit été connue jusqu'ici sous un point de vue bien différent ; vous traitez la partie historique d'une maniere encore plus neuve ;

vous faites voir à ceux qui vous ont précédé dans cette carriere, qu'ils n'ont connu ni les causes, ni les dates, ni les époques des événemens ; vous créez de nouveaux peuples dont ils ont ignoré l'existence ; vous attribuez adroitement à des Souverains des événemens arrivés longtems après leur mort ; vous prolongez de plusieurs siecles la vie des personnages importans ; vous rectifiez avec art les époques, quoique consacrées dans des monumens publics ; vous préférez à juste titre les ouï-dire des peuples à l'antique témoignage des Chartres & à l'autorité monotone des Historiens ; vous supprimez subtilement les monumens ou les établissemens qui existent, pour faire revivre ceux qui sont détruits ; vous corrigez de même les Géographes ; &, par une heureuse transposition, vous rectifiez la situation des pays, vous changez les points cardinaux des horisons d'une province, vous déplacez des rivieres, vous transportez des montagnes ; il n'y a pas jusqu'aux habitans qui ne vous aient une obligation ; vous leur donnez une nomenclature des lieux qu'ils habitent, toute nouvelle pour eux; vous changez leurs qualités physiques & morales pour en faire des tableaux intéressans; ils vous en feront vraisemblablement leurs remercîmens; mais peut-être d'une maniere analogue à la grossiereté & à la rusticité que vous leur avez justement reconnues; enfin vous écrivez avec un ordre, une méthode, une noblesse, une justesse, une pureté & une délicatesse peu communes, & votre style va servir de modele à nos puristes.

Cet homme que vous appellez *Lami de la vallée*, doit se repentir aujourd'hui d'avoir méconnu vos talens & dédaigné vos offres & vos travaux. Ces Libraires sont de cruelles gens; ils vexent les pauvres Auteurs; ils n'apprécient ni leurs ouvrages, ni l'idée qu'ils ont eux mêmes de leur propre mérite; ils ne regardent un ouvrage comme bon, que lorsqu'il se vend bien; mais il devient mauvais, lorsqu'il reste dans leur magasin, fût-il aussi bien écrit, aussi bien digéré, aussi vrai, aussi exact, aussi impartial, aussi utile, que celui que vous venez de publier. Il auroit mieux fait de consentir au petit sacrifice auquel vous vous étiez borné avec une modestie peu commune parmi les Auteurs. C'étoit bien peu de chose pour un homme comme vous, qui vouloit bien lui consacrer ses momens perdus pour travailler au Voyage Pittoresque de la France ; il auroit acquis au moins à bon marché l'excellent ouvrage que vous donnez aujourd'hui. J'ai lu cet ouvrage, & je l'ai lu avec plaisir ; jamais je n'ai tant ri : un cercle de Roussillonnois a bien voulu m'admettre à cette lecture, &, depuis la premiere ligne jusqu'à la derniere, nous avons tous & toujours ri jusqu'aux éclats ; nous ne trouvons pas souvent des livres aussi *récréatifs.*

Un seul des assistans a paru ne prendre aucune part à nos plaisirs ; il prêtoit une attention réfléchie ; son maintien étoit grave ; son front se ridoit par intervalles ; ses yeux étoient petillans & animés ; il paroissoit vouloir parler, mais il s'est contraint jusqu'à la fin de la lecture ; il nous a accablé alors de reproches ; il a prétendu mal-à-propos que nous n'avions trouvé votre ouvrage que ridicule, & que nous n'avions point apperçu le déſordre qui y regne, les trivialités dont il eſt rempli, les erreurs dont il fourmille, les ſarcaſmes dont vous l'avez aſſaiſonné, & les injures que vous y avez répandues avec profuſion. J'ai appris alors que cet homme de mauvaiſe humeur eſt ce même *Voyageur Pittoreſque* qui vous a été préféré par *Lami de la vallée*, que vous dites n'avoir jamais quitté Paris, & que vous aſſurez n'être alimenté que par le ſoin de ſes *pourvoyeurs* : nous n'avons pu nous empêcher de l'écouter; il eſt tombé ſur votre ouvrage, l'a parcouru, l'a diſſéqué, l'a analyſé, l'a déchiré. *Vous êtes Orfevre, M. Joſſe*, lui a dit un de nos auditeurs. A ces mots, notre homme a repris ſa tranquillité, & nous a demandé la permiſſion de mettre le *Voyageur Pittoreſque* en oppoſition avec le nouveau *Voyageur non Pittoreſque*; il nous a aſſuré qu'outre que vous n'avez point rempli votre plan, votre ouvrage eſt rempli d'inexactitudes, d'inconſéquences, d'omissions, de plagiats, de contradictions, d'inutilités, de faits hasardés, supposés, absurdes, contraires à la vérité, de sarcasmes & traits calomnieux, & d'erreurs historiques, topographiques & de nomenclature; il nous a offert de le prouver; il est entré en matiere, & je ne vais continuer que d'après lui.

I.

Le plan n'est point rempli.

Vous annoncez dans votre Préface que vous ferez connoître les *Révolutions de la Province de Roussillon, ses ressources locales, son commerce & son gouvernement*; cependant vous ne parlez ni des peuples divers qui l'ont habitée, ni des changemens de domination qu'elle a éprouvés, ni des motifs qui y ont donné lieu, ni des moyens qui les ont produits, ni des effets qui en ont résulté; vous gardez le silence sur les ressources que cette Province peut trouver dans ses propres productions, dans l'industrie de ses habitans & dans le voisinage de la mer, sur les différens objets d'exportation qui peuvent fournir à son commerce, & sur la nature des loix par lesquelles elle se gouverne.

I I.

Omissions.

Il est beaucoup d'objets que vous n'auriez pas dû oublier dans un ouvrage où vous paroissez vouloir tout comprendre; cependant on vous reproche beaucoup d'omissions.

Vous passez, pag. 4, de la domination des Romains à celle des Rois de France, sans parler de la domination intermédiaire des Visigots depuis 414, jusqu'en 719, & de celle des Sarasins depuis 719 jusqu'en 760.

En parlant des productions de cette Province, pag. 36, & des objets de son commerce, pag. 142, vous oubliez la *soude*, les *haricots*, qui font un objet bien important, les *fruits*, les *légumes herbacés*, le produit des *châtaigniers*, les *bas de laine* de la Cerdagne, le *savon* & les *draps*.

Vous parlez, pag. 36, des Eaux Minérales de cette Province, & vous en oubliez dix-sept des principales, celles d'*Anyer*, de *Reynés*, d'*Aulette*, de *Saint-Thomas*, de *Toez*, *de Monné*, de *Force-Réal*, de *Cornella de la riviere*, de *Nohedes*, de *Fillols*, d'*Espira*, d'*Estoher*, d'*Ert*, du *Montlouis*, de *N. D. de Consolation*, de *Collioure*, de *Saint-Martin-de-Fenolla*.

Vous voulez décrire, page 41, le Regne Minéral de cette Province; vous indiquez deux Carrieres de Marbre à *Arles* & à *Estagel*; vous oubliez celles de *Reynés*, de *Palalda*, de *Corbera*, de *Fauche*, de *Py*; celui-ci, qui est blanc, est cependant le plus beau. Vous ne parlez que d'une Mine de Plomb à *Arles*, de deux Mines de Cuivre à *la Preste* & à *Soreda*; & de dix Mines de Fer; si vous aviez parcouru la *nouvelle Description du Roussillon*, vous en auriez trouvé treize des premieres, quarante-neuf des suivantes, & les dernieres extrêmement multipliées sur toutes les montagnes du Roussillon. Vous y auriez trouvé encore des notions ſur la nature des Terres & des Pierres, ſur les Pierres Précieuſes, les Pétrifications, & les Mines de Biſmuth, d'Argent, de Pyrites, d'Alun, de Charbon de Terre, ſur leſquels vous gardez le ſilence.

En décrivant, pages 61, 62 & 68, le Gouvernement Militaire de cette Province, vous oubliez qu'il y a un Commandant pour le Roi; vous ne mettez qu'un Aide-Major à Perpignan, tandis qu'il y en a deux; vous y ſuppoſez un Capitaine des portes, tandis que ces Officiers ſont ſupprimés dans tout le royaume; vous omettez dans l'Etat-Major de la citadelle de cette ville un Aide-Major, qui exiſte, & vous y ſuppléez par un Sous-Aide-Major qui n'exiſte point. Ces erreurs ſont impardonnables, pour un militaire ſur-tout.

Vous faites, page 93, le dénombrement des Tribunaux ſubalternes du Rouſſillon, & vous omettez celui de l'Hôtel-de-Ville de Perpignan, & les Bailliages royaux de Prats-de-Mollo, de Prades & de Vinça.

Vous voulez parler, page 114, des Hommes Illustres de cette Proivnce; vous vous bornez à une simple indication, & vous n'en désignez que sept. Pourquoi oublier une foule de Héros qui ont honoré leur patrie par leur bravoure & leurs exploits, tels que les *Guiffres d'Arria*, plusieurs Comtes du Roussillon & de Cerdagne, les d'*Ortaffa*, les d'*Aguilar*, *les Calvo*? Pourquoi oublier encore le grand nombre de Savans qui ont illustré les siécles dans lesquels ils ont vécu, les Artistes célebres qui sont connus par la beauté de leurs ouvrages, les Troubadours que le Roussillon a fourni dès le douzieme siécle? *La nouvelle Description du Roussillon* vous en auroit indiqué jusqu'à quarante.

III.

Inutilités.

L'histoire doit être écrite avec autant de noblesse, que de vérité; elle n'admet que les faits qui peuvent avoir quelque objet d'utilité; elle exclut les détails minutieux, bas, triviaux, ſur-tout lorſqu'ils ſont abſolument inutiles ; elle évite ſur-tout de jetter un ridicule ſur des uſages qui tiennent principalement à la ſimplicité des mœurs : vous auriez pu ſuivre cette maxime en retranchant à-peu-près le tiers de votre ouvrage. Vous n'auriez donné, page 27, ni une deſcription inexacte des *Danſes* du Rouſſillon, ni un tableau auſſi faux, qu'indécent, des *Loteries* de cette Province. Vous auriez reſpecté les mœurs, en reſpectant le louable motif des établiſſemens qui y ſont deſtinés à encourager & à protéger la vertu : vous comprenez que je veux parler des *Donzelles*, dont vous vous êtes occupé, page 28, d'une maniere auſſi maligne, que contraire à la vérité. Vous ne vous ſeriez point appeſanti ſur les détails ignobles, peu dignes de l'hiſtoire, & en partie faux, des *Dragées du Carnaval*, des *Parties de Salade* qu'on va manger dans les jardins, de l'uſage des *Quêteuſes* aux portes des égliſes, & vous vous ſeriez ſur-tout impoſé ſilence ſur la facilité des *Déſertions*, ſur les paſſages qui peuvent les favoriser, sur les chemins que les Déserteurs doivent suivre ; (*pages* 124 *& suivantes.*) Ne craignez-vous point de donner des instructions aux soldats qui pourroient avoir envie de déserter ? Vous, Militaire, fait par état pour empêcher les désertions, vous êtes le premier à indiquer les moyens de contrevenir sans danger aux ordonnances du Souverain ! Je desire qu'on ne voie ici qu'une inconsidération de votre part.

I V.

Contradictions.

Vous n'êtes pas toujours d'accord avec vous même, monsieur le Chevalier ; vous mettez quelquefois votre lecteur en défaut : expliquez-nous de grace quels sont les passages qui méritent notre confiance.

1°. Est-ce quand vous nous dites, pag. 10, que *les Loix Gothiques resterent en vigueur jusqu'en* 1251, ou bien quand vous nous apprenez, page 11, qu'on *rédigea en* 1068 *un Code formé des débris des Loix Gothi-*

ges & des regles de l'Ordre Féodal, qui est encore en vigueur, Louis XIII & Louis XIV en ayant ordonné l'exécution.

2°. Est-ce quand vous assurez, page 39 que *l'Eglise de St. Jean de Perpignan fut construite durant les trente-neuf ans que le Roussillon appartint aux Rois de Majorque*, par conséquent avant le milieu du quatorzieme siécle, ou bien lorsque vous ajoutez tout de suite que *les armes de France qui sont gravées à la clef de la voûte font voir que ce grand édifice ne fut achevé que sous Louis XI*, c'est-à-dire à la fin du quinzieme siécle. (1)?

3°. Est-ce lorsque vous placez la riviere de l'Agli en Conflent, page 77; ou bien lorsque vous parlez de cette riviere, page

(1) *M. de la Grave* auroit évité cette contradiction, s'il avoit pu apprendre par les ouï-dire des paysans que la premiere pierre de cette Eglise fut placée au mois de mai 1324, & que l'Eglise fut consacrée le 16 mai 1509. Il auroit pu savoir encore que des armes *gravées* à la clef de la voûte seroient peu sensibles, & qu'il n'en est pas de même lorsqu'elles sont *sculptées*.

161, comme ne parcourant qu'une partie de la plaine du Roussillon?

4°. Est-ce lorsque vous assurez, page 77, que l'Abbaye de St. Michel de Cuxa a une *jurisdiction épiscopale*, ou bien lorsque vous réduisez cette Abbaye, page 79, à une *jurisdiction* simplement *presque épiscopale*?

5°. Est-ce lorsque vous appellez la même Abbaye *Vallebonne*, *page* 85, & *Wallebonne*, page 86, tandis que vous auriez dû l'appeller *Valbonne*?

6°. Est-ce enfin, lorsque vous dites, page 4, que *la Colonie de Ruscino fut en partie ruinée vers le milieu du huitieme siecle par les incursions des Normands, & qu'elle fut totalement ruinée, vers l'an* 828, *par une seconde invasion des Normands*; ou bien *lorsque vous avancez*, *page* 117, que cette *Colonie étoit en* 589 *prête d'être détruite entiérement par les invasions des Normands*? Il y a cependant une différence de cent soixante ans de cette époque avec la premiere, & de deux cent trente-neuf ans avec la seconde.

V.

Plagiats.

Vous pillez donc, monſieur le Chevalier; vous étiez tout-à-l'heure le *Correcteur des Géographes*, le *Modele des Hiſtoriens*, le *Guide des Déſerteurs*; vous voilà actuellement un *Plagiaire.* Notre *Voyageur Pittoreſque* vous accuſe; il va vous convaincre, il met ſous nos yeux le *Mémoire des Citoyens Nobles de Perpignan, en réponſe à un Imprimé publié au mois de Février 1769 par les Avocats de la même ville*, à commencer aux pages 17, 21 & ſuivantes juſqu'à la page 34, & les *Recherches ſur la Nobleſſe des Citoyens Nobles de Perpignan* par *M. l'Abbé* Xaupy; nous y trouvons les pages 6, 7, 8, 9, 14, 15, 20, 21, 22, 23, 24, 29, 30, 31, 66, 67, 107, 108 & 109 de votre ouvrage, copiées tout du long, à quelques changemens près, qui ſont autant d'Erreurs Hiſtoriques, dont je parlerai ailleurs; ou de Sarcaſmes, dont les habitans du Roussillon vous témoigneront sans doute leur reconnoissance.

On fouettoit autrefois les plagiaires à Rome, M. le Chevalier; vous seriez à plaindre si on vous infligeoit la même punition à Perpignan. Que de mains levées contre vous! je crois voir déjà celles des *Femmes* dont vous suspectez la vertu, des *Ecclésiastiques* que vous taxez d'entretenir la superstition, des *Marguilliers* que vous accusez de faire de bons repas aux dépens des Saints qu'ils desservent, des *Paysans* que vous dites grossiers, paresseux, impertinens lorsqu'ils ont du pain, bas lorsqu'ils n'en ont point, de tous les *Habitans* auxquels vous prodiguez les qualifications de fanatiques, superstitieux, méfians, jaloux, peu galans, encore moins généreux, enfin des *Médecins* que vous taxez d'impéritie & de négligence; craignez sur-tout ces derniers; ils sont dangereux: ils peuvent se venger impunément.

V I.

Inexactitudes.

Les inexactitudes paroissent très-multipliées ; je me bornerai à quelques unes de celles que le *Voyageur Pittoresque* nous a indiquées.

Page 27, *ces assemblées sont indiquées par le chant mélodieux de l'instrument.* (Il s'agit d'un chalumeau.) Un instrument ne *chante* point, mais il rend un *son.*

Page 33, *le Roussillon se divise en trois Comtés ou Vigueries ; le premier qui porte le nom de la Province, comprend celui de Vallespir* ; vous répétez la même assertion, page 59..... Que faites-vous donc du Comté propre du Roussillon, ou Roussillon proprement dit ? Il ne fait donc partie d'aucune Viguerie : cependant il forme avec le Vallespir la Viguerie de Roussillon.... & tout de suite, *le troisieme est la Cerdagne, auquel est ajoutée la vallée de Carol......* cette vallée forme un district particulier qui ne fait partie d'aucune des trois Vigueries.

Page 33, *les Roussillonnois sous-divisent la Province par rapport à la qualité des territoires, en Salanque, Riberal & Aspres....* 1°. Vous auriez dû écrire *Salanca.* 2°. Cette division n'a & ne peut avoir lieu dans toute la Province; elle est bornée à la plaine du Roussillon. 3°. Vous oubliez une quatrieme division, celle du *Regatiu.*

Page 36, vous parlez des Eaux Minérales. *Les unes sont froides & bonnes à boire; les autres excellentes & bonnes pour douches & bains. Les territoires de Sorede & de Fonsromeu fournissent des premieres; elles sont de la même qualité que celles de Camares*; vous indiquez ensuite celles de *Molitx*, de *Nossa*, de la *Preste* & des *Escaldas*.... Les réflexions se multiplient ici. 1°. Vous oubliez beaucoup d'Eaux Minérales; je les ai déja indiquées. 2°. Qu'entendez vous par Eaux bonnes à boire? Voulez-vous dire qu'on peut en user intérieurement comme remedes, ou bien les donnez-vous comme pouvant servir à la boisson ordinaire des habitans ? Dans le premier cas, pourquoi borner cet avantage aux deux ſources de *Soreda* & de *Fontromeu* ? Il eſt commun à toutes les autres eaux minérales. Dans le dernier cas, pouvez-vous ſuppoſer qu'on puiſſe boire habituellement des Eaux Martiales, qui ont un goût déſagréable, telles que celles de *Soreda*, ſur-tout dans un pays où les bonnes eaux ſont très-multipliées ? 3°. Les eaux de *Fontromeu* ſont des eaux très-pures, & ne contiennent aucun principe minéral. 4°. Ces eaux n'ont aucune eſpece d'analogie avec les eaux de *Camarés*.

Page 38, *on trouve des plaines dans le ſommet de montagnes*, & page 119, *on trouve dans les piliers du cloître d'Elne l'Ecriture ſainte en petites figures de pierre....* Vous avez donc ouvert le ſommet de ces montagnes & les piliers de ce cloître, pour appercevoir ces plaines & ces petites figures. Le Voyageur Pittoreſque a été plus heureux ; il dit les avoir vues, les premieres ſur le ſommet des montagnes ; & les dernieres ſur les piliers.

Page 40, *Le Canigou a 1442 toises d'élévation*.... C'est 1454, selon les calculs de M. de Cassini.

Page 72, *les appels des Juges-gardes* (de la Monnoie) *ressortissent à la Cour générale de celle de Lyon*.... Vous pourriez savoir que celle ci est supprimée depuis 1774, & que la Cour des Monnoies de Paris est unique dans le royaume.

Page 72, Vous rapportez deux inscriptions; la premiere commence ainsi : *Lapis primus quem illustrissimus dominus noster sanctus rex Majoricarum*; la seconde indique, selon vous, l'année 1334.... Un historien aussi instruit auroit dû savoir qu'il n'y a jamais eu de Roi de Majorque du nom de *Saint*, mais que celui qui regnoit alors s'appelloit *Sanche*; si vous aviez bien lu ces inscriptions, vous auriez trouvé *Sanctius* dans la premiere, au lieu de *Sanctus*, & 1324 dans la derniere, au lieu de 1334.

Page 76, *le Pape perçoit les Guidennes, c'est-à-dire, le quinzieme des bénéfices, pour l'indemniser du droit qu'il a sur le mobilier de l'Evêque de Roussillon*.... 1°. Vous auriez dû écrire *quindennes*. 2°. Il n'y a point d'Evêque du Rouſſillon : cette Province eſt de pluſieurs dioceſes ; mais il y a un Evêque de Perpignan. 3°. Les quindennes ne ſont pas établis ſur tous les bénéfices de ce dioceſe, mais ſeulement ſur ceux qui ſont réunis. 4°. Ce droit n'a aucun rapport au mobilier de l'Evêque ; il tient lieu du droit des bulles que le Pape ne peut plus percevoir ſur les bénéfices réunis.

Pages 76 & 82, *l'Evêque eſt nommé à l'Abbaye de la Réal, à la charge de la faire réunir à ſon Evêché.... Il a la charge de faire réunir l'Abbaye d'Arles à ſon Evêché*.... La réunion de la premiere eſt conſommée depuis 1781 ; la derniere n'eſt plus poſſédée par l'Evêque depuis quinze ans ; elle a depuis ce tems là ſes Abbés particuliers.

Page 76, *les trois Vigueries du Rouſſillon ſont compoſées de 188 paroiſſes*.... Vous n'êtes point exact, Monſieur le Chevalier : ces 188 paroiſſes forment le dioceſe de Perpignan ; il y en a encore beaucoup d'autres dans cette Province qui sont des diocèses de Narbonne, d'Aleth, d'Urgel & des districts des Abbayes de Saint-Michel & d'Arles.

Page 77, *l'Abbaye de Saint-Michel a jurisdiction épiscopale....* Vous auriez dû dire *quasi-épiscopale.*

Page 83, *l'Abbaye de Saint-Martin étoit située dans les Montagnes du Canigou...* Nous ne connoissons cependant qu'une seule montagne de ce nom; vous auriez mieux fait de la placer sur le *Canigou.*

Page 86, *le Prieuré de Cornella a été réuni au College royal de Perpignan occupé pour lors par les Jésuites....* Les Jésuites n'avoient que le don des fruits pour servir à la construction de leurs écoles; cette réunion n'a jamais eu lieu, &, depuis plus de vingt ans, ce Prieuré est occupé par M. l'Abbé de Montferrer.

Page 88, *le jeudi-saint le bon Dieu est conduit au sépulcre....* Vous voulez donc qu'on enterre le bon Dieu avant sa mort; il ne meurt que le vendredi-saint.

Page 88, *la procession du jeudi-saint*

ſort de l'Egliſe de St. Jean.... Elle ſort, il eſt vrai, de cette Egliſe, parce qu'elle y entre par une porte & en ſort par une autre; mais elle s'aſſemble dans celle de St. Jacques, & part de cette Egliſe.

Page 93, *la Cour des Domaines conſiſte en un Commiſſaire....* il eſt ſupprimé depuis 1759.... *qui a ſon Procureur, Juge ordinaire des lieux où le Roi eſt ſeigneur....* Ce Procureur n'eſt point le Procureur du Commiſſaire, comme vous le faites entendre, mais le Procureur du Roi: il n'eſt point le Juge des lieux où le Roi eſt le ſeigneur; ces lieux dépendent tous des bailliages royaux.... *Cette juriſdiction a de plus trois Conſeillers....* Ces trois Conſeillers n'ont jamais exiſté en même tems que le Commiſſaire; ils lui furent ſubſtitués en 1759; ils ſont même ſupprimés depuis deux ans, & incorporés avec le Conſeil ſouverain, auquel la Cour des domaines a été réunie.

Page 96, *le Conſeil ſouverain eſt compoſé aujourd'hui du Gouverneur de la Province ou du Lieutenant-Général en l'abſence du premier Président, d'un second Président à mortier, d'un Conseiller Clerc, de dix Conseillers laïques, &c. Il y a deux Chevaliers d'honneur qui sont Conseillers d'honneur nés, savoir l'Evêque & le Gouverneur de la Province.... Ils ont la préséance sur le premier Président....* Il faut ici s'armer de courage pour relever vos fautes; elles sont furieusement multipliées. 1°. Vous supposez donc que le Gouverneur ou le Lieutenant-général n'est membre de cette compagnie qu'en l'absence du premier Président; il la préside toujours, soit en l'absence, soit en présence de ce premier officier. 2°. Vous oubliez un troisieme Président à mortier, quatre Conseillers laïcs, un Président de la seconde Chambre, & plusieurs autres Conseillers honoraires de droit par les charges qu'ils remplissent. 3°. Vous vous embrouillez furieusement en parlant des Chevaliers d'honneur; il y en a réellement deux, mais bien distincts des Conseillers d'honneur; ces deux places sont destinées à deux gentilshommes de cette Province; vous en donnez cependant une à l'Evêque;

il seroit plaisant de voir ce Prélat en bas blancs, talons rouges, habit court, manteau à revers de drap d'or, grand rabat à dentelles & panache, car tel est l'habit des Chevaliers d'honneur ; mais il est plus décent de lui voir remplir une place de Conseiller d'honneur, comme il l'occupe réellement. Vous donnez l'autre au Gouverneur, & en son absence au Commandant; mais n'a-t-il point son titre particulier & sa place marquée comme chef de la compagnie? 4°. Ce dernier a réellement la préséance sur le premier Président; mais l'Evêque ne siege qu'après les Présidens à mortier.

Page 104, *les artisans sont ceux qui exercent les arts, tels que les peintres, les sculpteurs, doreurs, &c....* Vous confondez les états, & ceux qui exercent les arts libéraux vous en sauront mauvais gré; on appelle *Artistes*, ceux qui exercent les arts libéraux, comme les peintres, sculpteurs, doreurs, &c., & on comprend sous le nom d'*Artisans*, les ouvriers ou ceux qui exercent les arts méchaniques, comme les ſerruriers, les menuiſiers, les cordonniers, &c.

Page 139, Vous parlez des *droits d'impariage & de réal* comme exiſtans ; cependant ils ſont ſupprimés, le premier depuis un an, le ſecond depuis vingt ans.

VII.

Faits haſardés, ſuppoſés, contraires à la vérité.

VOUS êtes habile à ſuppoſer, à donner pour certains des faits regardés généralement comme douteux, à appercevoir des objets qui ont échappé aux recherches de tous ceux qui vous ont précédé, à juger les choſes & les perſonnes avec une ſagacité dont il n'y a pas d'exemple, & à donner à vos aſſertions un ton d'aſſurance & de vérité bien propre à perſuader : mais les hommes ſont difficiles dans le ſiécle où nous vivons ; ils doutent de tout, ils taxent aiſément de partialité, d'ineptie, de prévention ; ils ſeront peut être aſſez injuſtes pour ne rien croire de ce que vous nous apprenez, & pour faire réjaillir le ridicule de la choſe juſques ſur leur auteur ; leurs faux jugemens pourront porter ſur les aſſertions ſuivantes.

Page 3, *le Rouſſillon tire ſon origine de Ruſcino qui en étoit autrefois la capitale ; cette ville donna le nom à cette Province....* 1°. Une choſe ne peut tirer ſon origine que de ce qui a exiſté avant elle; la ville de Ruſcino n'a donc pu donner l'origine à la Province du Rouſſillon, qu'autant que ſon exiſtence a précédé celle de cette Province ; c'eſt ici une découverte merveilleuſe, que de faire exiſter une ville avant le pays dans lequel elle a été conſtruite.... 2°. La ville de *Ruſcino*, la Province de *Rouſſillon* & la riviere de la *Tet* qui parcourt cette derniere & qui baignoit les murs de la premiere, portoient autrefois le même nom de *Ruſcino* ; les Hiſtoriens n'ont pu juſqu'ici découvrir laquelle des trois a donné le nom aux deux autres ; vous êtes le premier qui décidez cette queſtion intéreſſante ; on ne peut que vous en ſavoir gré ; mais il y a des gens difficiles qui exigeront des preuves, & vous n'en donnez aucune.

Vous faites 1°. un tableau intéressant des *parties qu'on fait dans les jardins pour y manger des salades*, que vous dites très-usitées en Roussillon, Page 32; 2°. une description pittoresque des *Mais* que les amoureux y plantent aux portes de leurs maîtresses, des *couronnes*, des *sabres* & des *cordons* dont ils sont ornés, du sens mystérieux qu'on leur attribue & des effets qui en résultent, Page 32; 3°. une peinture révoltante de la *paresse & de l'ignorance* des paysans pour la culture des terres; de *leur négligence* à les fumer, de *leur indolence* qui les oblige d'avoir recours à leurs voisins, qui viennent y suppléer, Page 34... Mais tout cela est absolument faux ou très-altéré. 1°. On va quelquefois goûter ou souper dans des jardins, comme on va manger une matelotte à Paris au gros Caillou ou à la Rapée; mais il n'y a de ridicule que les accessoires que votre génie vous a suggérés. 2°. On plante des *Mais* comme par-tout ailleurs mais le sabre & le cordon sont absolument de votre invention. 3°. Le dernier chef est faux dans toute son étendue. Le paysan du Roussillon n'est ni paresseux, ni ignorant pour la culture des terres; il est au contraire instruit & actif; il ne néglige rien de ce qui peut augmenter le rapport; il tire même le plus grand parti des terres les plus ingrates: il n'a recours aux habitans des pays voisins, qu'au moment même des récoltes du bled & du vin; il y est forcé, parce que la population ne peut suffire à recueillir promptement des récoltes abondantes: enfin, il y a très-peu de Provinces où les terres soient fumées avec autant de soin; on y emploie le fumier des étables & celui des bêtes à laine qu'on fait parquer; on ne perd rien du premier, & les dernieres sont en très-grand nombre.

Vous avez trouvé sur les montagnes du Roussillon des *Martes*, page 51... des *Ours blancs*, page 49.... Des *Serpens de six pieds de long & du poids de neuf ou dix livres, qui tetent les brebis, sifflent, s'élevent sur les hommes, les cernent par le milieu du corps & les étouffent*, Page 54....

une grande quantité d'Arbres & d'Arbustes exotiques qui ne croissent que dans l'Inde & qu'on ne trouve en France que dans les jardins des curieux ou des amateurs, Page 43....Enfin, une *très-belle Cascade* dans la grotte de Villefranche.... Mais rien de tout cela n'existe. On vous a peut-être fait ces contes dans ces *cabarets de muletiers* où un *hôte à une mine sale & rébarbarative* vous donnoit un *mauvais gîte* en vous entretenant avec un *langage dûr & inintelligible* que vous n'avez point compris. Mais peut-être aussi a-t-on voulu vous bercer & se mocquer de vous ; car nos paysans, quoique *rustres*, *grossiers*, *superstitieux*, *fanatiques*, *paresseux*, sont quelquefois plaisans, persiffleurs & malins.

Vous avez trouvé 1°. *des marais aux environs de Perpignan & dans la plaine du Roussillon*, page 3, 32, & il n'y en a pas un seul. 2°. *Toutes les eaux de cette plaine lourdes & pesantes*, page 36, tandis qu'à l'exception des eaux de certains puits, elles sont toutes claires, pures, légeres, dissolvent très-bien le savon, & cuisent encore mieux lés légumes. 3°. *Les figures des habitans de cette plaine pâles & leur eſprit lourd & ſtupide*, page 33 ; vous aviez ſans doute perdu l'uſage de vos yeux pour voir le teint de la bonne ſanté & la belle carnation qu'on y trouve par-tout. Leur eſprit a pu vous paroître lourd & ſtupide ; vous êtes pourvu d'une imagination ſi heureuſe, d'une intelligence ſi parfaite, d'un jugement ſi ſolide & d'un eſprit ſi ſubtil, que l'homme le plus ſpirituel & le plus ingénieux doit paroître auprès de vous un ſimple automate ; trop heureux encore, ſi vous daignez lui permettre de penſer lorſqu'il eſt auprès de vous.

Vous nous apprenez, page 61, que les Gardes de la Capitainerie *ſont exempts de toute ſorte de ſubſides*....Cela peut être vrai, M. le Chevalier ; ils ne paient que la capitation, le vingtieme, les droits des villes, ceux d'entrée & de ſortie de la province, les contrôles, les inſinuations, &c. Leur exemption commence après qu'ils ont acquitté ces droits, & c'eſt là être exempt *de toutes ſortes de ſubſides.*

Vous parlez des *Miquelets*, page 38 ; vous nous apprenez, 1°. que *les soldats y devenoient officiers par ancienneté* : pas plus que dans votre régiment, M. le Chevalier ; il y en avoit quelquefois qui parvenoient à ce grade, mais de la même maniere que dans les autres troupes de France ; 2°. qu'*ils avoient une large casaque grise* ; les uns grise, & le plus grand nombre blanche ; 3°. que *dans les derniers tems on les avoit armés & habillés à-peu-près comme l'infanterie françoise* ; erreur : lorsqu'ils ont été réformés en 1763, ils n'avoient changé ni d'armes ni d'habits.

Page. 83, *cette abbaye appellée Saint-Martin, dont le Grand-Vicaire de l'Archevêque de Toulouse sera toujours seigneur, appartenoit aux Benédictins non réformés*... Que d'actions de graces M. l'Archevêque de Toulouse va vous rendre pour la faveur insigne que vous faites à son Grand-Vicaire ! Mais, plaisanterie à part, où avez-vous donc pris cela ? Ne seroit-ce point quelque habitant *lourd & stupide*

ſtupide de la plaine de Rouſſillon qui auroit voulu ſe jouer de vos facultés intellectuelles ?

Page 69, *Perpignan a un droit de bourgeoiſie qui lui eſt particulier, lequel s'acquiert par cinq ans d'habitation. Tout habitant depuis le noble juſqu'au roturier qui reſte ce tems dans cette ville, jouit du titre de Noble de Perpignan...,* Ah ! que de nobles dans cette ville ! En eſt-il une ſeule dans le royaume qui puiſſe lui être comparée ; tout y eſt noble juſqu'au ſavetier, au crocheteur, &c. Vous accordiez tout-à-l'heure des Exemptions aux Gardes de la Capitainerie, vous érigiez une Seigneurie en faveur du Grand-Vicaire de l'Archevêque de Toulouſe ; mais actuellement vous faites plus ; vous diſpenſez des lettres de Nobleſſe aux habitans de toute une ville, nobles & roturiers, grands & petits, riches & pauvres. Combien de villes vont ſe mettre à vos pieds pour vous demander la même faveur. Juſqu'ici, l'habitation à Perpignan n'avoit procuré que la qualité & les privileges de *bourgeois* de cette ville ;

encore devoient ils être concédés par le corps municipal; aujourd'hui les choses vont changer par un effet de votre grace spéciale.

VIII.

Absurdités.

Je ne m'appesantirai point ici sur des détails trop étendus; les objets y seront si frappans, qu'il suffira presque de les indiquer.

Page 4, *plusieurs peuples des Gaules s'assemblerent dans Ruscino, lorsque Annibal passa les Pyrenées....* Cette ville occupoit donc au moins la moitié de la Province du Roussillon pour pouvoir contenir plusieurs peuples: on avoit cru jusqu'ici qu'ils s'étoient assemblés près de Ruscino.

Page 9, *le Roussillon fut gouverné par les Gaules du tems des Romains....* (Un autre auroit dit par les *Gaulois*). Les Romains étoient donc subordonnés aux Gaulois, & ce dernier peuple, quoique subjugué, demeura le maître de son vainqueur; il faut un grand génie pour prouver ce paradoxe.

Page 35, *le gibier ſeroit commun, ſi le port d'armes n'étoit pas permis, y ayant beaucoup de braconiers.* . . . Peut-il y avoir des braconni rs dans les lieux où la chaſſe eſt permiſe?

Page 37, *les bains de Vernet ſont bons pour les maladies vénériennes*.... Ce ſeroit une découverte bien utile, ſi vous pouviez prouver votre aſſertion; juſqu'ici, ces bains ont été plutôt nuiſibles dans ces maladies.

Page 37, *les eaux d'Arles ſont ſi chaudes, qu'elles pelent dans l'inſtant & corrodent même les métaux.* . . . Peler les métaux! Cette aſſertion eſt un peu forte; elles pelent bien les cochons, Monſieur le Chevalier; mais, pour les métaux, ils ſont *impelables*; vous voyez qu je crée des mots techniques; votre exemple eſt contagieux. Ces eaux ne corrodent pas même les métaux; une piece d'or, d'argent, de cuivre, eſt la même après vingt-quatre heures, qu'au moment où on l'a plongée dans l'eau; elle n éprouve qu'une alteration de ſa couleur.

Page 40, *ſur une pointe inaceſſible du*

Canigou, on s'imagine voir deux gros anneaux; mais l'intempérie de l'air ne permet pas qu'on y croie.... Vous y croiriez donc si le tems étoit beau, & votre confiance ne dépend que de la beauté des saisons. Tout autre que vous auroit dit que l'intempérie de l'air ne permet pas d'y parvenir pour s'en assurer.

Page 41, *la viguerie du Roussillon forme une plaine....* Que faites-vous donc des montagnes qui s'y trouvent? Avez-vous escamoté toutes celles du haut Vallespir? vous auriez rendu un bien mauvais service à la France en détruisant la barriere qui la sépare de l'Espagne.

Page 67, *Perpignan n'a reçu de garnison qu'en* 15423.... Ah, Monsieur le Chevalier, que vous vieillissez l'Univers! Combien de milliers d'années de plus que vous lui donnez.

Page 77, *le Diocese d'Elne transféré à Perpignan en* 1602. Cette ville est donc bien considérable pour contenir les 188 paroisses qui forment ce diocese. Avec quelle dextérité vous transportez des villages, des bourgs, des villes, des montagnes, des pays entiers. J'avois toujours cru qu'on pouvoit transférer un ſiege épiſcopal; mais je ne me ſerois jamais douté de la poſſibilité de faire changer un dioceſe de place.

Page 119, *le nouveau Dioceſe d'Elne fut fondé d'une partie du territoire de Narbonne....* Un Dioceſe n'eſt pas *fondé*; mais il eſt *formé* par un territoire.

Page 85, *Jau & Valbonne ſont deux Abbayes Commendataires....* Pourquoi confondre les choſes avec les perſonnes? Les Abbés peuvent être Commendataires; mais les Abbayes ne ſont & ne peuvent être qu'en Commende.

Page 87, *la cérémonie de la communion des Prêtres-Conſuls ſe fait avec beaucoup de décence....* Les Prêtres de l'Egliſe de Perpignan ſont donc devenus les Conſuls de cette ville; cette faveur vaut bien celle que vous avez faite au Grand-Vicaire de l'Archevêque de Toulouſe en érigeant pour lui l'Abbaye de St. Martin en ſeigneurie.

Page 106. Vous parlez des habits de

cérémonie des Consuls de Perpignan, & vous ajoutez : *leurs trompettes, qui sont des hautbois à la Catalanne, les précedent*.... Voilà des trompettes converties en hautbois : on ne dira point que ce ne soit ici du très-neuf. J'admire tellement les ressources de votre génie créateur, que je n'ai pas le courage de vous faire part de mes réflexions.

Page 124, les déserteurs *s'engagent dans les Gardes Vallones, qui sont le seul corps Espagnol où on les reçoive*.... Les Gardes Vallones un corps Espagnol ! de même que les Gardes Suisses sont un corps François.

Page 149, *les femmes de Fontpedrosa sont jolies, & veulent qu'on leur fasse la cour à la turque*.... Je suis anéanti ; je ne sais que vous dire ; j'ai beau chercher, me tourmenter ; mon esprit resserré dans des bornes étroites ne peut entendre un langage aussi sublime & aussi enveloppé ; mais puis-je vous demander si vous vous entendez vous-même ?

Page 68, *on remarque aux deux côtés*

de la porte (de la citadelle de Perpignan) *deux demi-ſtatues qui ſe tirent chacune par leur poil, les unes de leur barbe, les autres du nombril ou de la poitrine....* Oh ! pour le coup, *riſum teneatis amici*; du poil à ces ſtatues ! nous vous paſſerions celui de la barbe; mais pour celui de la poitrine & ſur tout du nombril, cela ne ſe peut point; leur poitrine & leur nombril ſont plats, abſolument plats, M. le Chevalier; il n'y a point de poil : une main de ces *demi-ſtatues* eſt ſimplement appliquée ſur le bas de la poitrine, tandis que l'autre eſt poſée ſur le menton. J'étois dans l'erreur; je les avois toujours priſes pour des *Cariatides*, & vous m'apprennez que ce ſont des *demi-ſtatues*.

I X.

Erreurs de Topographie.

VOUS avez parcouru le Rouſſillon, vous en connoiſſez toutes les parties, vous en avez levé le plan, vous en avez fait la carte, & cependant vous avez fait des erreurs multipliées sur la Topographie, à moins que vous n'ayez voulu corriger celles des Géographes qui vous ont précédé.

Vous avez donné une Carte du Roussillon à la tête de votre ouvrage; vous dites l'avoir *revue*, *corrigée*, *dessinée & gravée*; vous l'avez par conséquent revue & corrigée avant de l'avoir faite. Vous y placez 1°. la *vallée de Carol* en plein *Ouest* de la Cerdagne Françoise, tandis qu'elle est au *Nord Ouest*; 2°. la *Cerdagne Espagnole* au *Sud Ouest* de la Cerdagne Françoise, tandis qu'elle est en plein *Ouest*; 3°. le *Donnesan* en plein *Nord* du Capsir, tandis qu'il est au *Nord-Ouest*; 4°. ce même pays à l'*Est* de l'extrémité orientale du Comté de Foix, tandis qu'il est à l'*Est de* son extrémité méridionale.

Page. 2, *le Roussillon est situé dans les monts Pyrénées*.... Il n'est point *dans* les Pyrénées; mais il est en partie *sur* les Pyrénées, en partie au pied de ces montagnes.

Page 2, *il est situé entre le 20 degré 34' 5'' de longitude, & le 42 degré 41' 55'' de latitude*.... Vous avez copié ici le petit *Dictionnaire géographique de Voſgien* ; vous auriez trouvé, en puiſant dans des meilleures ſources, que ce pays eſt entre le 19 degré 25 min. & le 20 degré 50 min. de longitude, & entre le 42 degré 22 min. & le 42 degré 54 min. de latitude.

Page 41, la Viguerie du Rouſſillon eſt diviſée en haute & baſſe; *la haute eſt ſituée à l'occident*.... Elle eſt preſque toute au *Sud*; ſon extrémité ſeule eſt à l'*Oueſt*.

Page 77, vous placez la riviere de l'*Agly* en Conflent près de celle de *la Tet*.... Elle entre en Rouſſillon près d'Eſtagel, parcourt une petite partie de la plaine, & ſe jette dans la mer, ſans s'approcher du Conflent de plus près que de huit ou neuf lieues.

Page 146, vous placez *Molitx* à une demi-lieue de Prades, tandis que ce village en eſt à deux lieues catalannes, qui valent bien trois lieues de France.

Page 154, *la Cerdagne Françoiſe, eſt bornée au Nord par le Capſir*.... Il falloit ajouter, *& par la vallée de Carol*, qui la borne au *Nord* & à l'*Oueſt*.

X.

Erreurs hiſtoriques.

Page 4, *les Romains établirent à Ruſcino une colonie ; mais elle fut en partie ruinée vers le milieu du huitieme ſiécle par les incurſions des Normands. . . . Elle fut totalement ruinée vers l'an* 828 *par une ſeconde incurſion des Normands*.... Ah ! que d'erreurs : 1°. vous ſuppoſez que Ruſcino étoit encore une colonie Romaine dans le milieu du huitieme ſiécle ; vous ignorez donc que les Viſigots en avoient chaſſé les Romains vers l'an 414, & y avoient dominé juſqu'à ce qu'ils en furent expulſés à leur tour par les Saraſins en 719... 2°. Quel eſt le monument hiſtorique qui nous apprend que les Normands ont paru en France dans le milieu du huitiéme ſiécle ? Tous les Hiſtoriens conviennent au contraire que ces peuples ne commencerent leurs courſes que vers l'an 800, qu'ils les bornerent pendant long-tems à la Friſe, à la Saxe, &c., & qu'ils ne pénétrerent en France pour la premiere fois qu'en 843 sous le regne de Charles le Chauve, par conséquent vers le milieu du neuvieme siécle; encore ne passèrent-ils point les rives de la Loire, & ils ne ravagerent que long-tems après, les Provinces méridionales de la France.

Page 5, *Louis le Débonnaire avoit établi en Catalogne le gouvernement féodal.... Il donna en fief les différentes contrées de cette Province à des Comtes....* Vous avez copié *M. l'Abbé Xaupy*, & vous avez copié ses erreurs; tous les Historiens se réunissent à regarder ces Comtes, sous Louis le Débonnaire, comme des simples Gouverneurs, & à placer à la fin du regne de Charles le Chauve, l'époque où ils commencèrent à usurper les droits de souveraineté, à faire de leurs Provinces des fiefs particuliers & à les rendre héréditaires.

Page 5, *Ruscino ayant été dévasté par les Normands, les Romains voulurent ériger une ville municipale.... ils choisirent une habitation qui devint ville capitale sous le nom de Perpignan....* Vous répétez la même assertion pages 63, 66.... Les Romains revinrent donc de Rome pour bâtir cette ville; ils étoient chassés du Roussillon depuis 414, & les Visigots possédoient cette Province; les premieres incursions des Normands arriverent, selon vous, vers le milieu du huitieme siécle, par conséquent environ 350 ans après l'expulsion des Romains. Conciliez cela, M. le Chevalier, & vous répandrez un nouveau jour sur l'histoire du Roussillon.

Page 6, vous supposez une Eglise rebâtie à Perpignan au commencement du neuvieme siécle.... *De riches particuliers l'augmenterent par l'addition d'une autre contiguë dédiée à St. Jean-Baptiste, & qui fut consacrée vers l'an 1025, avec une indulgence accordée par le Pape Sixte II....* Vous avez encore copié *Monsieur l'Abbé Xaupy*; mais vous avez voulu corriger ses erreurs; *M. l'Abbé Xaupy* avoit attribué l'indulgence dons vous parlez au Pape *Serge II*; ce nom de *Serge* vous a surpris & embarrassé; vous avez cru qu'il ne pouvoit convenir qu'à ces étoffes groſſieres qui servent de vêtemens aux payſans ruſtres & groſſiers du Rouſſillon ; vous avez voulu rectifier cette faute, & vous avez ſubſtitué *Sixte II* à *Serge II* ; en corrigeant une erreur vous en avez fait une autre ; vous avez fait un anachroniſme ; vous faites vivre le Pape *Sixte II* en 1025, tandis que ce Pontife étoit mort dès l'an 258 ; vous auriez commis la même faute ; ſi vous aviez laiſſer ſubſiſter *SergeII*, que vous avez trouvé dans le texte de *M. Xaupy*, ce Pape étant mort en 847. Les annales eccléſiaſtiques vous auroient appris que le Siege de Rome étoit occupé en 1025 par Jean XIX.

Page 71, *il y avoit à Perpignan une Univerſité fondée par Nicolas V en 1347, pour la ſeule Théologie ; elle obtint en 1349 des Lettres-patentes de Pierre III, Roi d'Aragon, pour avoir les quatre Facultés ; elle fut réformée par un Arrêt du Conſeil d'Etat ; & rétablie cependant en 1762....* 1*ere erreur*, Nicolas V ne fut élu Pape que le 16 Mars 1447.... 2*e. erreur*, les Papes ne fondoient point les Universités dans les états des autres souverains; ils confirmoient seulement leur établissement.... 3e. *erreur*, il n'y eut aucune fondation d'Université à Perpignan en 1347.... 4e. *erreur*, Pierre III fonda en 1349 une Université composée des quatre Facultés; mais le Pape Clément VI, en confirmant cet établissement, défendit d'y enseigner la Théologie, de sorte que la seule Faculté que vous prétendez y avoir existé la premiere, est la seule qui en ait été exclue dès l'origine de cette Université; elle n'y fut comprise qu'en 1447.... 5e. *erreur*, cette Université n'a jamais été réformée, n'a jamais cessé ses exercices.... 6e. *erreur de fait*, n'ayant jamais été supprimée, elle n'a jamais été rétablie; elle a reçu seulement des accroissemens considérables par la bienfaisance de Louis le Bien-aimé.... 7e. *erreur de date*, elle a reçu cet accroissement en 1759, & non en 1762.

Page 74, vous rapportez à l'an 1610 la réunion de l'ancien Chapitre de Saint-Jean de Perpignan à celui de la cathédrale.... Cette réunion a eu lieu en 1602.

Page 10, *Les Loix Gothiques furent en vigueur en Rouſſillon jusqu'en 1251, époque où Jacques I, Roi d'Aragon, les abolit;* & par une contradiction inconcevable, page 11 & ſuiv., vous préſentez le Code rédigé en 1068 par Raymond Berenger, Comte de Barcelonne, 1°. comme *formé des débris des Loix Gothiques & Romaines;* 2°. comme *fait avec l'intervention des Prélats, Barons, Nobles de titre, Chevaliers, Bourgeois & Citoyens Majeurs des villes*, & comme *ayant été adopté par les Comtes du Rouſſillon pour faire la loi de leurs états*.... Il y a ici une foule d'erreurs; 1°. ſi les Loix Gothiques furent en vigueur en Rouſſillon juſqu'en 1251, cette Province ne ſuivit point le Code rédigé en 1068 par le Comte de Barcelonne....2°. les Loix Gothiques ceſſerent d'être obſervées en Rouſſillon en 1162, époque de la rédaction de la Coutume de Perpignan par le Comte Gerard, qui proſcrivit en même tems la Loi Gothique, & rétablit le Droit Romain.... 3°. La date de 1251 eſt encore fauſſe; la Coutume de Perpignan ne fut abolie qu'en 1344 par le Roi Pierre III, qui assujettit le Roussillon aux Loix & Coutumes de la Catalogne.... 4°. Raimond Berenger se contenta de faire au Code Visigotique quelques changemens ou additions devenus nécessaires par les circonstances, & de suppléer à ce qui y manquoit par la disposition des Loix Romaines.... 5°. Ce Code fut établi par la seule autorité du Comte & de la Comtesse, de l'avis des seuls Magnats & de quelques Juges, sans qu'il soit fait aucune mention des *Prélats*, *Nobles de titre*, *Bourgeois*, & *Citoyens Majeurs des villes*; vous avez puisé cela dans les rêveries de l'*Abbé Xaupy*... 6°. Enfin, le Code de Raimond Berenger ne fit point la Loi du Roussillon; cette Province eut sa coutume particuliere rédigée en 1162, & qui fut en vigueur jusqu'en 1344, ainsi que je viens de le dire.

Page 12, *Les Comtes avoient sous eux des Lieutenans appellés Viguiers; ces derniers continuent de subsister, & leurs fonctions correspondent aujourd'hui en partie à celles des*

celles des Comtes.... Vous avez érigé des ſeigneuries & créé des nobles; mais je ne croyois point que vous fiſſiez des ſouverains. Vous aſſociez les Viguiers aux fonctions des Comtes; vous les aſſociez par conſéquent au pouvoir ſouverain; mais ce ſont des ſouverains bien ſubalternes, puiſqu'ils reconnoiſſent l'autorité du Gouverneur, du Commandant & de l'Intendant de la Province.

Page 14, *Gerard* (le dernier des Comtes du Rouſſillon) *mourut ſans poſtérité en* 1178, *après avoir fait ſon teſtament en* 1172.... Nouvelle erreur, M. le Chevalier; ce Prince mourut au mois de juillet 1172, quelques jours après avoir fait ſon teſtament; cela eſt ſi vrai, que nous trouvons une charte d'Alfonſe II, Roi d'Aragon, auquel Gerard avoit légué ſes états, par laquelle ce Roi, devenu Souverain du Rouſſillon, confirme la coutume de Perpignan, & cette charte eſt du 14 des Calendes d'Août 1172; le Comte Gerard étoit donc mort à cette époque.

Page 83, vous faites mourir en 1050,

Guifre, Comte de Cerdagne, fondateur de l'Abbaye de St. Martin; mais ce Prince n'est mort qu'en 1060.

Page 91, *l'Hôpital de la Miséricorde, fondé sous le regne de Louis XIV*.... Nouvelle erreur; il existoit depuis long-tems; ce Monarque ne fit que l'ériger en hôpital général en 1686.

Page 117, *l'Empereur Constance y fut assassiné* (à Elne....) C'est l'Empereur *Constant*.

Page 118, *l'Eglise d'Elne fut consacrée en 1069 avec beaucoup de solemnité.... comme il conste par l'inscription qui se trouve gravée aux deux côtés du maître-autel*.... Et page 119, *le maître-autel d'argent fut achevé vers l'an* 1387.... Vous avez pu voir l'inscription que vous citez; mais ou vous ne l'avez pas lue, ou vous l'avez mal lue; vous n'auriez point confondu la consécration de l'Eglise avec l'inauguration du maître-autel; la premiere eut lieu le 4 des ides de Décembre 1058, & la derniere en 1069; l'inscription que vous citez est relative à celle-ci.

Page 77, *Louis d'Outremer mit le monastere de St. Michel sous sa protection en 953 & 958*.... Vous faites un anachronisme ; ce souverain étoit mort dès le 10 septembre 954.

Page 91, *l'hôpital de St. Jean fut fondé en 1116 par le Comte Guifredus*.... Erreur de fait & anachronisme ; Guifre n'étoit point encore Comte du Roussillon : cette Province reconnoissoit alors Arnaud-Guifre pour son Souverain ; cet hôpital fut fondé en 1115, & vous confondez l'époque de sa fondation avec celle de 1116, où ce même Comte lui donna le terrein sur lequel il est construit aujourd'hui.

Page 143, *Villefranche a été fondée en 1105 par Raimond, Comte de Cerdagne*... Encore une autre erreur de fait & un autre anachronisme ; le Comte Raimond étoit mort alors, & Bernard-Guillaume regnoit sur la Cerdagne ; l'époque de la fondation de cette ville est de 1075.

X I.

Erreurs de Nomenclature.

Vous bouleversez à tout moment la nomenclature des villes, lieux & rivieres, celle des termes les plus techniques, & les noms propres des individus; je vais vous en donner quelques exemples.

Noms des villes, lieux & rivieres.

Elbolo, pag. 9, au lieu de *volo*.
Fitja, p. 20, au lieu de *Sijean*.
Trexera, p. 21, au lieu de *Freixera*.
Vinçac, p. 21, au lieu de *Vinça*.
Salanque, p. 33, au lieu de *Salanca*.
Teck, p. 36, 60, 124, au lieu de *Tec*.
Sorrede, p. 26, au lieu de *Soreda*.
Fonsromeu, p. 26, au lieu de *Font-romeu*.
Camares, p. 37, au lieu de *Camarés*.
Moulich, p. 38, 146, au lieu de *Molitx*.
Salces, p. 38, 60, au lieu de *Salsas*.

Ria de la palma, p. 39, au lieu de *Riu de la palma.*

Pic de Bater, ibid. au lieu de *Pic de Batera.*

Montferet, p. 42, au lieu de *Montferrer.*

Collioure, p. 49, 60, 122. au lieu de *Colliouvre.*

Thouyr, p. 60, au lieu de *Tuyr.*

Ribsaltes, ibid, au lieu de *Rivesaltes.*

Montferrat, p. 85, au lieu de *Mont-Serrat.*

Vallebonne, ibid, *Wallebonne*, p. 86, au lieu de *Valbonne.*

Corneilla, ibid, au lieu de *Cornella.*

St. Jean d'Albert, p. 122, 123, au lieu de *St. Jean d'Albera.*

Figuieres, p. 122, 124, au lieu de *Figueras.*

Castillon, p. 124, au lieu de *Castello.*

Villefranche, autrefois *Liberia*, p. 143, au lieu de *Libera.*

Canabeilles, p. 148, au lieu de *Canavellas.*

Planes, p 152, au lieu de *Planés.*

Ria, p. 24, au lieu de *Arria.*

Covovastelle , p. 41 , au lieu de *Cova-Bastera.*

Albert , p. 49, 124 , au lieu de *Albera.*

Argeles , p. 60 , 122 , 128 , au lieu de *Argelés.*

Monasterium exaltens , p. 77 , au lieu de *monasterium Exhalatense.*

Masdeux , p. 24 , au lieu de *Masdeu.*

Arles , ibid , au lieu de *Orla.*

Bayole , ibid , au lieu de *Bayolas.*

Castrum fiœlens , p. 116 , au lieu de *Castrum Helenæ.*

Banuls , p. 122 , 123 , 124 , au lieu de *Banyuls.*

Maureillas , p. 123 au lieu de *Maurellas.*

Puigcerda , ibid , au lieu de *Puycerda.*

Sallagos , ibid , *Saillagos* , p. 151 , au lieu de *Sallagosa.*

Toües , p. 149 , au lieu de *Toes.*

Fonpedrus , ibid , au lieu de *Font-Pedrosa.*

Noms techniques des choses.

Stalactlcks & *Stalagmits*, p. 40, 41, termes d'histoire naturelle, au lieu de *Stalactites* & de *Stalagmites*.

Capel Major, p. 73, dignité de l'ancien chapitre de Perpignan, au lieu de *Capella Major*.

Guidennes, p. 76, droit que perçoit le Pape, au lieu de *Quindennes*.

Consistinales, ibid, en parlant des Abbayes, au lieu de *Consistoriales*.

Estafiers, p. 88; personnages de la procession du Jeudi-Saint, à Perpignan, au lieu de *Estaferms*.

Donzelles, p. 98, 99, 100, dénomination des gentilshommes du Roussillon, au lieu de *donsells*, tandis que *donzelles* signifie des *vierges*.

Pareras, p. 105, nom catalan des fabricans de drap, au lieu de *Parairas*.

Accesseur, p. 145, en parlant des tribunaux, au lieu de *Assesseur*.

Noms propres des personnes

Munir ou *Munnius*, p. 15, ancien Comte du Roussillon, au lieu de *Nunio-Sanche.*

Guillabert, p. 73, ancien Comte du Roussillon, au lieu de *Gilabert.*

Perepigné, p. 66, prétendu fondateur de Perpignan, au lieu de *Pere Pigna.*

Sinnarius, p. 78, Evêque d'Elne, au lieu de *Suniarius*

Dalgarius, p. 80, Evêque d'Elne, au lieu de *Udalgarius.*

Dardaldus, ibid, Evêque d'Elne, au lieu de *Artaldus*

Cazellanes, p. 80, Abbé d'Arles, au lieu de *Castellanus.*

Urceole, p. 78, ancien Doge de Venise, au lieu de *Urseolo.*

Saint Nen, p. 81, Saint qu'on vénere à Arles, au lieu de *Saint-Sennen.*

Violense, p. 4, Reine d'Aragon, au lien de *Yolande.*

Gui de Terrens, p. 115, Evêque d'Elne, au lieu de *Gui de Terrena.*

D'Elpas, ibid. nom d'une famille de Perpignan, au dieu de *Delpas.*

Perpéané, p. 66, Général Romain, au lieu de *Perpenna.*

Chomberg, p. 123, 125, Général François, au lieu de *Schomberg.*

Comment, M. le Chevalier, vous, militaire diſtingué, vous qui écrivez ſur la tactique, qui devenez le précepteur de nos Généraux, qui leur donnez dans ce même ouvrage des projets merveilleux d'attaque & de défenſe, qui leur indiquez les moyens de faire des incurſions heureuſes en Eſpagne & de défendre avec ſuccès les frontieres du Rouſſillon, vous ignorez le nom de deux grands Généraux, dont l'un a illuſtré la république de Rome, & l'autre a reculé les limites de l'empire François.... Mais *bonus quandoque dormitat Homerus*; je préſume ſi bien de l'univerſalité de vos connoiſſances, que j'oſe croire que vous m'entendez quand je vous parle en latin.

XII.

Traits satyriques, malins & calomnieux.

Nous voici, M. le Chevalier, à la partie la plus verreuse & la plus délicate de votre ouvrage; vous vous êtes un peu oublié : auroit-on excité votre indignation en méconnoissant vos talens, en dédaignant votre mérite personnel, & n'agissez-vous actuellement que par un motif de vengeance?

Avez-vous bien pu dire, page 26, que *le tableau de la misere ne vous a presque pas abandonné en Roussillon, que les habitans y sont fanatiques, superstitieux, méfians & jaloux, ne cultivant pas les sciences, & ne donnant aucune éducation à leurs enfans*, que *les paysans y sont paresseux, impertinens lorsqu'ils ont du pain, & très bas lorsqu'ils n'en ont point, qu'ils ne sont point yvrognes par l'habitude* qu'*ils ont dès le berceau de boire du vin, puisqu'ils fréquentent les cabarets où ils boivent ordinairement pour leur compte, n'ayant point la générosité en par-*

tage. Vous renouvellez pluſieurs fois les mêmes qualifications, ſur-tout aux pages 32 où vous inſultez les médecins de Perpignan, 34, *66*, 86, 88; vous couronnez le tableau en diſant page 27, que *les mœurs ſont reculées d'un ſiécle en Rouſſillon, vu celle des autres Provinces*. Connoiſſez-vous bien cette Province? Etes vous en état de la juger? Connoiſſez-vous la maniere de vivre des habitans? Avez-vous vécu avec eux? Avez-vous pénétré dans l'intérieur des familles? Vous vous plaignez vous-même de n'avoir pas été reçu dans leurs ſociétés, d'avoir été comme un être iſolé, éloigné de tout; comment pouvez-vons donc porter un jugement auſſi haſardé qu'indécent & contraire à la vérité? Pouvez-vous vous permettre, à votre âge, avec auſſi peu de lumieres & de conſiſtance, d'inſulter toute une Province!

Vous avez *trouvé les mœurs plus douces ſur la montagne que dans la plaine*; vous auriez dû dire *plus ſimples* ſur la montagne, *plus douces* dans la plaine.

Vous oſez encore inſulter les femmes

du Rouſſillon; vous ſuſpectez en général leur vertu; vous jettez des doutes, page 28, ſur celle des jeunes perſonnes qui ne ſont couronnées qu'à raiſon de leur ſageſſe; vous les préſentez, page 29, comme cédant aiſément aux inſtances de leurs amoureux; vous les accuſez, page 88, d'afficher leurs mœurs ſuſpectes juſques dans la maiſon du Seigneur, &c., &c. Où eſt donc, M. le Chevalier, le reſpect que nous devons au ſexe? Où eſt le reſpect que nous devons à l'honnêteté publique? Les femmes du Rouſſillon auroient-elles été trop faciles vis-à-vis vous? On ne peut le préſumer; on connoît au contraire à Perpignan l'inutilité de vos efforts pour remporter des victoires aiſées.

Que vous a fait *M. Foſſa*, Avocat diſtingué à Perpignan, qui jouit depuis long-tems de l'eſtime générale par ſes ſuccès dans le barreau, par la maniere dont il remplit les fonctions de la régence dans l'Univerſité, par ſes qualités morales, par les recherches immenſes dont il s'occupe depuis long-tems ſur l'hiſtoire du Rouſſillon ; qui vient même de mériter des lettres d'ennobliſſement & d'être reçu dans l'ordre du Roi ? Que vous a-t-il donc fait pour l'appeller, page 98, *un auteur fort prolixe* ? Penſez comme lui, M. le Chevalier, réfléchiſſez, écrivez comme lui, ſoyez inſtruit, exact, prudent, modéré comme lui, & vous parviendrez un jour comme lui à jouir de l'eſtime & de la conſidération publiques.

Mais rien ne vous arrête ; vous ne reſpectez pas même vos ſupérieurs ; la qualité de Maréchal de France ne ſauroit vous en impoſer ; vous oſez inſulter un de nos premiers Officiers Généraux, auſſi illuſtre par ſa naiſſance, que par la dignité à laquelle il a été élevé ; je veux parler de *M. le Maréchal de Mailly*. Vous ne trouvez rien chez lui qui prête à vos ſarcaſmes, & vous ſuppoſez des faits contraires à la vérité pour jetter ſur lui un ridicule.

Vous ſuppoſez, page 137, qu'il a fait mettre dans le dé de l'obéliſque du Port-Vendres ſon portrait, *repréſenté majeſtueuſement, mépriſant les foudres qui l'en-*

vironnent & tombent à ses pieds, avec trois inscriptions que vous rapportez & que vous accompagnez d'une note qui contient un équivoque bien grossier & bien malin. Mais rien de tout cela n'existe ; ce portrait, ces inscriptious sont de votre invention ; on reconnoît votre style, surtout dans la premiere ; elle est, par sa platitude & sa construction, indigne du héros auquel vous la supposez consacrée. Vous êtes bien mal-adroit ; vous avez rempli la troisieme d'inepties répétées à chaque ligne, qui suffisent pour vous démasquer. 1°. Cet Officier Général auroit-il négligé de se dire *Lieutenant-Général des armées du Roi*, comme il l'étoit alors ? vous avez oublié de lui donner cette qualité. 2°. Auroit-il pris celle de *Chevalier des troupes & armées*, que vous lui donnez, qualité qu'il n'a jamais eue, qui n'existe pour personne, & qui n'a jamais existé ? 3°. Se seroit-il dit *Inspecteur général des trois ordres du Roi* ? Il n'y a jamais eu d'Inspecteur des ordres du Roi ; il n'y a que des Commandeurs & des Chevaliers,

& il est du nombre de ces derniers. 4°. Auroit-il supposé qu'il existe trois ordres du Roi, tandis qu'il n'y en a que deux, ceux de St. Michel & du St. Esprit ; le troisieme, celui de St. Louis, n'est qu'un ordre *royal & militaire*, & n'a jamais été un ordre du Roi. 5°. Enfin, se seroit-il dit *désigné par Sa Majesté pour être nommé à la premiere promotion de Maréchal de France ?* Il étoit bien fait pour l'être ; il avoit mérité d'être élevé à cette dignité ; il étoit assuré d'y parvenir : il a été en effet nommé le premier à la premiere promotion qui en a été faite ; mais auroit-il jamais permis qu'on lui donnât une qualité qui pouvoit devenir incertaine, quoique méritée ? sa modestie même s'y seroit opposée.

Je finis ici, M. le Chevalier ; ma lettre est déjà trop longue : l'examen que je pourrois faire du *Mémoire de localité*, du *Projet de cession entre les Couronnes de France & d'Espagne*, & des *Projets d'offensive & de défensive* que vous avez ajoutés à la suite de cet ouvrage, exigeroit des détails aussi étendus.

Je n'ai fait que vous répéter ce qu'on a dit; je n'ai pu prendre votre défense; je ne connoissois pas assez l'histoire du Roussillon; je vous conseille même de garder le silence. Ce *Voyageur Pittoresque*, d'après lequel je viens de vous parler, est un terrible homme: ne vous y jouez point; il est armé de françois, de grec, de latin, d'espagnol; il connoit tous les Auteurs qui ont écrit sur l'Histoire du Roussillon, les monumens, les chartes; il ne nous a rien avancé qu'il ne l'ait appuyé tout de suite de la citation de quelque monument historique; il a cité une foule d'Auteurs, *Pline*, *Strabon*, *Tite-Live*, *Çurita*, *Beuter*, *Bosch*, *Corbera*, *Tomic*, *Diago*, *Caseneuve*, *Xammar*, *Semblancat*, *Marca*, *Baluse*, les *Historiens du Languedoc*, *Velly*, *Fossa*, &c. les *Archives du Domaine de Perpignan & de Barcelonne*, le *Nécrologe du Chapitre de la Réal*, les *Cartulaires de celui de la Cathédrale*, *des Abbayes d'Arles*, *de S. Michel & de St. Pierre de Rodes*, le *Livre de Noticias de de la Communauté de St. Jean*, une foule d'inſcriptions encore exiſtantes, &c., &c. Craignez, M. le Chevalier, de vous meſurer avec lui; il vous accablera par une foule d'autorités, contre leſquelles vous ne pourrez vous défendre. Reſpectez ſes déciſions, repentez-vous d'avoir écrit, & formez le ferme propos de ne plus faire gémir la preſſe; c'eſt le conſeil le plus prudent qu'on puiſſe vous donner, & le parti le plus ſage que vous puiſſiez prendre.

Je ſuis avec toute la vénération qu'inſpirent vos talens,

Monſieur le Chevalier,

Votre très-humble & très-obéiſſant ſerviteur,

UN DE VOS ADMIRATEURS.

ERRATA.

Page 32, ligne 10, *blanche*, lisez *bleue*.
Pag. 32, lig. 12, *frunçoise*, lisez *françoise*.
Pag. 46, lig. 6, *Universitée composé*, lisez *Université composée*.

www.ingramcontent.com/pod-product-compliance
Lightning Source LLC
Chambersburg PA
CBHW060807180626
46818CB00002B/742

9782011296634